AU-DELÀ DE LA MER ÉCLAIRÉE

AU-DELÀ DE LA MER ÉCLAIRÉE

Valy Marval

LES ÉDITIONS AMÉRICAINES

© LES ÉDITIONS AMÉRICAINES

2025

Library of Congress

ISBN 979-8-9907180-7-4

Couverture et texte de Valy Marval

« J'ai fait naufrage sans la moindre tempête , dans une mer où j'avais pied. »

Fernando Pessoa

« On ne trouve pas la paix en fuyant la vie ... »

Virginia Wolf

« *La mer, ce vaste poème qui murmure des secrets à ceux qui écoutent avec leur cœur.* »

Gustave Flaubert

« *Tâchez de garder toujours un morceau de ciel au-dessus de votre vie. Vous avez une jolie âme, d'une qualité rare, ne la laissez pas manquer de ce qu'il lui faut.* »

Marcel Proust

« ... *elle possédait au plus haut point cette qualité naturelle de "mystère" grâce à laquelle certaines femmes savent si bien cacher ce qui leur manque, permettant ainsi aux hommes de deviner en elles toutes les vertus qu'ils leur prêtent...* »

Romain Gary, Lady L.

À BBL, mon ami très aimé.

AU-DELÀ DE LA MER ÉCLAIRÉE

Où commence la fin de la mer ? Dans cette vague mousseuse qui vient mourir à nos pieds ou dans l'immensité vorace qui avale tout sans un bruit ?

Une mer, une seule île.

La Pangée, une unité originelle qui s'est disloquée avec le temps, séparation, dérive, nostalgie d'une union perdue.

— Des milliers de gens ont vécu sans amour. Aucun n'a vécu sans eau.

La phrase avait claqué comme un coup de fouet dans l'air tiède de la nuit, suivie d'un bruissement d'eau sous l'effet de la main de Stéphane, qui venait d'en frapper la surface avec un geste théâtral.

Autour d'eux, la piscine s'étirait, sombre et frémissante, baignée par les projecteurs dont la lumière laiteuse découpait en volutes les colonnes de vapeur.

L'eau fumait, exhalait sa chaleur dans la nuit comme un animal assoupi, et Judith, fascinée, suivait du regard ces mini-tornades de brume qui dansaient au-dessus d'eux avant de disparaître.

Elle frissonna légèrement, mais pas à cause du froid.

Cette phrase l'avait traversée, avec la simplicité tranchante des évidences qu'on oublie de regarder en face. Quatre-vingt-dix-sept pour cent de l'eau sur Terre dort dans les océans. Une immensité silencieuse, patiente, qui contient tout ce qui a été et tout ce qui sera. Comme si, dans le fond, le monde appartenait à l'eau bien plus qu'à ceux qui tentent d'y survivre.

Elle aimait ces moments, ces nuits suspendues où le silence de l'eau les enveloppait, où il n'y avait plus que leurs corps glissant sous la surface, lents et précis, effleurant à peine la peau de l'autre avant de replonger. L'apnée, c'était autre chose qu'un simple jeu. C'était une extase.

Un vertige lent, une dérive consentie.

Retenir l'air, le sentir gonfler sa poitrine, puis se laisser couler, se dissoudre dans l'eau, oublier son propre poids, son propre nom.

Plus rien n'existait. Juste cette ivresse calme, cette liberté absolue où le corps ne pesait plus rien et où la pensée se dilatait, vaste et limpide.

Stéphane l'observait, un sourire imperceptible aux lèvres. Elle le sentit sans le voir, devina la tension de ses muscles sous la lumière tremblante.

Il y avait quelque chose de trouble dans sa façon de la regarder, une hésitation brûlante entre la provocation et le désir.

Un peu plus loin, il aurait pu l'embrasser. Ici, ce n'était pas nécessaire. L'eau leur offrait une autre forme d'abandon, une autre façon de se frôler, d'approcher l'indicible.

Elle inspira profondément et plongea la première.

L'onde se referma sur elle comme une main douce.

La mer, immense, souveraine, avant tout, après tout. Avant nous, après nous. Elle était là quand la Pangée s'est brisée, éclatant en continents, séparant les terres et les peuples, traçant les frontières du monde.

L'eau a tout recouvert, tout façonné, sculptant des rivages comme elle sculpte les âmes, en douceur ou en furie.

Peut-être que l'amour, au fond, c'est ça. Une mer intérieure, mouvante, imprévisible. Une force qui lie et qui sépare, qui façonne et qui engloutit. Une marée qui nous dépasse et nous porte, même quand on croit marcher sur une terre ferme.

Mais où commence la terre ? Où finit la mer ?

Peut-être n'y a-t-il jamais eu de séparation. Juste des vagues qui avancent et reculent, comme nous, avançant et reculant sans cesse vers ce que nous croyons être l'autre.

J'ai croisé une femme.

Une femme éblouissante, qui semblait ne pas savoir qu'elle l'était.

Elle avançait dans la vie avec cette douceur inconsciente, ce mélange de grâce et de maladresse qui rendent certaines personnes inoubliables.

Sa faiblesse, ou peut-être sa plus grande folie, c'était d'aimer.

D'aimer avec une ferveur insensée, persuadée que l'amour pouvait tout réparer, tout racheter.

Elle croyait aux élans, aux miracles, aux âmes brisées que l'on recolle avec un peu de tendresse et beaucoup de patience.

Elle se trompait, bien sûr. Mais c'était précisément ce qui la rendait bouleversante.

Arthur s'entendit penser ces mots sans vraiment les formuler, surpris d'être atteint à ce point. Comme si, en la comprenant, il prenait soudain conscience de tout ce qu'il n'avait jamais su ressentir.

Déstabilisé, il s'engouffra dans le taxi en direction de l'aéroport, dissimulant son trouble derrière une mécanique implacable. Son esprit vacillait, mais ses gestes, eux, restaient d'une précision chirurgicale : porte refermée d'un mouvement sec, ceinture bouclée sans hésitation, adresse donnée d'une voix calme. Chaque action était un rempart, une illusion de contrôle face au chaos intérieur qui menaçait de le submerger.

Les lumières de la Place de l'Étoile s'effaçaient derrière lui, avalées par la nuit parisienne.

Devant, la Sardaigne l'attendait, promesse lointaine, horizon plus doux, où le tumulte de ses pensées trouverait peut-être un répit.

Judith observait cette assemblée avec ce mélange d'amusement et de lassitude propre aux longues soirées parisiennes où l'intelligence rationnelle triomphait bruyamment, tandis que l'intelligence émotionnelle mourait en silence, étouffée sous les raisonnements logiques et les démonstrations d'ego.

La salle de réception du ministère de la Culture ressemblait à toutes les salles de réception des institutions publiques : trop grande pour être intime, trop impersonnelle pour être grandiose. L'architecture, pourtant pensée pour impressionner, n'éveillait plus rien d'autre qu'un ennui poli. On célébrait ici, dans une mise en scène figée, des héros sans exploits, des carrières honorées par habitude plus que par mérite. Une cérémonie sans éclat, où les médailles étaient devenues des décorations sans prestige, accrochées sur des revers de vestes par des mains distraites, un rituel d'entre-soi où chacun se félicitait d'être encore là.

Les lustres, trop forts, imposaient leur blancheur crue, dessinant sur les visages les ombres du temps. Ils révélaient avec une brutalité presque cruelle les calvities naissantes, les cernes dissimulées sous des fonds de teint trop orangés, les peaux fatiguées qu'aucune lumière flatteuse ne venait adoucir. Impossible de prendre une photo sans filtre, sans une correction rapide pour atténuer la dureté du réel. Judith haïssait ces lumières directes, non seulement parce qu'elle était nyctalope et voyait dans l'obscurité comme un chat, mais surtout parce qu'elle savait qu'un simple rayon de soleil rasant sur un lambris suffisait à donner du relief au monde. Ici, aucune nuance, aucune poésie : juste une blancheur clinique, assassine, qui réduisait tout à plat.

Le traiteur était renommé, ce qui ne voulait plus dire grand-chose. Ses amuse-bouche étaient comme ces décorations honorifiques : fades, convenus, pensés pour ne déplaire à personne plutôt que pour séduire quelqu'un. De petits choux fourrés, des mini-brochettes vaguement exotiques, des verrines interchangeables. Tout se mangeait facilement, sans laisser de souvenir.

Et puis il y avait le vin pétillant, ce grand mensonge servi avec un sourire entendu. Les Italiens avaient encore gagné : le prosecco avait remplacé le champagne.

Tout le monde feignait d'apprécier, sous couvert de ce que l'on appelait « l'art de vivre », ce mot magique qui justifiait toutes les impostures. Officiellement, c'était festif, ensoleillé, presque méditerranéen.

Officieusement, c'était une version édulcorée d'une émotion plus grande, un simulacre joyeux conçu pour être accessible. Judith voyait bien la supercherie. La couleur orange du breuvage influençait insidieusement le cerveau, activant ce biais cognitif qui associait cette teinte à la chaleur, au bien-être, à la Dolce Vita. Mais les bulles, légères et sans profondeur, n'avaient rien de l'éclat du champagne. Elles n'étaient qu'un alibi.

Peu d'hommes aiment le champagne. Ce sont les femmes qui l'adorent, et elles ont raison. Prononcez le mot « champagne » et immédiatement, un monde surgit : la fête, la musique, l'amour, les grandes déclarations, les victoires, les nuits interminables. C'est Audrey Hepburn, cigarette au bout des doigts, trinquant dans *Diamants sur canapé* ; c'est James Bond, désinvolte, précisant à la serveuse : « Bollinger, si vous avez. Sinon, Dom Pérignon '52 ». C'est Gatsby, qui arrose son château de promesses et de regrets, c'est Cary Grant et Grace Kelly dans *La Main au collet*, un verre à la main sous le ciel de la Riviera.

Mais personne, jamais, n'a crié « Prosecco ! » en déclenchant un rêve. Il n'y a pas de prosecco dans les films où l'on s'aime, où l'on s'embrasse à minuit, où l'on fête une victoire qui compte. Il y en a sur les terrasses des bars bondés, dans les mariages où l'on surveille son budget, dans ces réceptions où l'on fait semblant.

Judith avala une gorgée, sans illusion. Il n'y avait ni fête ni promesse ici. Juste un théâtre d'ombres où chacun jouait son rôle, en attendant que le rideau tombe.

María, cinquante-cinq ans, chercheuse dans un institut renommé, divorcée et en fin de carrière, exposait avec une ferveur presque académique les bienfaits des soirées échangistes comme un dernier bastion de liberté conjugale. Elle en parlait avec une conviction mécanique, vidée d'avoir cherché toute sa vie quelque chose qu'elle n'avait jamais trouvé. Judith, le menton appuyé sur sa main, laissait traîner un regard ironique. Cette nouvelle mode de la transgression tardive l'exaspérait. Ces mêmes individus qui avaient obéi toute leur vie aux dogmes d'un système bien huilé, imposant des règles rigides aux autres, se mettaient désormais à quatre pattes, fesses nues, dans des salons feutrés, attendant d'être effleurés par des mains anonymes. Ils faisaient bien cuire leur poisson pour éviter les parasites mais offraient leur intimité à des inconnus avec un abandon presque bureaucratique.

Un banquier d'affaires, Pierre, dont le visage portait encore les restes d'une belle gueule, racontait ses déboires professionnels et sentimentaux avec une solennité théâtrale. Son divorce, son incompatibilité avec ses collaborateurs… chaque épreuve devenait une performance où son ego s'épanouissait même dans la plainte. Accaparer l'attention, toujours, transformer chaque échange en monologue, avec cette certitude implicite que son existence méritait d'être écoutée comme une grande épopée. Judith esquissa un sourire intérieur : l'échec devenait une gloire, une nouvelle manière d'être le héros de sa propre histoire.

Un navigateur, séduisant, l'air de ceux qui savent dompter le vent et la mer, écoutait sans rien dire. Il plaisait aux femmes, inévitablement. Il incarnait le sel, l'horizon, l'indépendance. Mais Judith savait reconnaître ce vide derrière l'assurance. Un homme incapable de s'attacher, qui se croyait libre mais qui fuyait. Une blessure d'enfance, sans doute, ou peut-être simplement la conscience douloureuse d'avoir été le sportif de la famille quand ses frères évoluaient dans les ministères. Même sa dernière traversée avait été rendue possible par leurs contacts. Il appartenait à cette catégorie de gens beaux dont les yeux racontent une autre histoire : une solitude immense déguisée en liberté.

Les hommes, dans cette pièce, étaient touchants. Les femmes, exaspérantes. Ou peut-être tous étaient-ils exaspérants.

On parlait des week-ends en Europe, du Perche pour les plus rebelles, de la Corse, mais à condition de déjeuner dans un port pittoresque avec une chemise Ralph Lauren pastel et un « Grazie mille » déclamé sur toute la gamme vocale.

Dominique et Isabelle, soixante ans, expatriés aux États-Unis après un passage en Suisse, cadres usés d'un grand groupe, mentionnaient avec une fierté feutrée leurs trois enfants devenus cultivateurs d'algues en Thaïlande ou surfeurs au Costa Rica. Ils ne les voyaient plus, bien sûr, mais se consolaient en se félicitant de leur indépendance. Ils ignoraient simplement que, sous couvert de liberté, ils leur avaient surtout appris à ne rien tisser de profond avec personne sans y mêler l'argent, le pouvoir ou la réussite.

Et puis il y avait Camille, l'artiste aux boucles d'oreilles trop colorées et aux jupes trop fleuries. Elle exposait dans des galeries détenues par ses amis bien placés, créait des œuvres plus décoratives que bouleversantes, organisait des vernissages où chacun venait exhiber ses traumatismes camouflés sous des tenues de bon ton.

Elle appartenait à ce monde où l'on parlait en superlatifs et en minutage serré : « Je sors de rendez-vous », « Je suis dans un taxi », « J'ai un avion demain ». Comme si l'occupation constante était devenue un gage d'importance.

Judith se demanda si Arthur percevait tout cela. Mais il était, comme toujours, déjà loin, enfermé dans ses propres pensées, sourd aux dissonances, insensible aux subtilités de l'instant. Elle pensa à cette phrase de Schopenhauer : « Le monde dans lequel un homme vit dépend moins de ce qu'il voit que de ce qu'il pense. »

Elle soupira intérieurement. Espérait-elle encore qu'Arthur s'éveille à une autre perception du monde ? Peut-être. Sans grande conviction.

« Ce que l'on trouve dans la vie, c'est ce qu'on y met. » Paul Valéry et les neurosciences lui donneraient raison : le cerveau adulte est difficile à remodeler. Et Arthur ne mettait jamais rien dans la poésie du présent.

Dominique et Isabelle formaient un couple dont l'apparence se fondait dans l'archétype du cadre dirigeant expatrié. Ni particulièrement beaux ni disgracieux, ils incarnaient ce que leur milieu considérait comme un aboutissement : des visages lisses, des vêtements impeccables, mais sans audace, une gestuelle mesurée qui traduisait une maîtrise de soi plus qu'une spontanéité réelle.

Ils avaient cette neutralité physique qui leur permettait de s'intégrer partout sans jamais détonner. Dominique, cheveux poivre et sel coupés court, portait une chemise en lin blanc toujours fraîchement repassée et un jean de bonne coupe, choisi pour être à la fois décontracté et statutaire. Isabelle, silhouette entretenue à grands frais sans excès, préférait les blouses fluides et les pantalons cigarette, et affichait ce sourire convenu des femmes qui ont trop longtemps évolué dans les cercles où la convivialité est un jeu social plus qu'un véritable plaisir.

Leur posture était celle de ceux qui avaient appris à se mouvoir dans les codes d'un certain cosmopolitisme de classe : le ton modéré, la capacité à feindre l'intérêt pour tout en maintenant une légère distance, un raffinement feutré qui ne s'embarrassait pas d'éclats de voix ni d' emportements. Ils écoutaient plus qu'ils ne parlaient, jaugeant les conversations pour s'y glisser avec la pointe d'esprit ou de détachement nécessaire.

Le banquier d'affaires, Pierre, quant à lui, était l'incarnation du mâle alpha en déclin. Toujours bien mis, mais la fatigue du visage révélait un combat quotidien contre le temps, contre l'affaissement, contre l'inéluctable. Son regard trahissait une usure plus qu'un charisme, et sa bouche crispée dans une esquisse de sourire témoignait d'un ego encore en lutte pour ne pas perdre pied.

Il parlait de ses déboires comme d'un récit héroïque, incapable de percevoir à quel point son narcissisme l'isolait plus qu'il ne le valorisait.

Le navigateur, lui, séduisait avant même d'ouvrir la bouche. Grand, athlétique, avec ce teint buriné que les femmes trouvaient irrésistible, il aurait pu incarner l'aventure, la liberté. Mais ses yeux racontaient une autre histoire, celle d'un homme incapable d'être là, toujours déjà ailleurs, toujours dans la fuite. Ce n'était pas un aventurier, c'était un évadé permanent. À bien y regarder, tout en lui reflétait cette dissonance : son assurance physique contrastait avec une gestuelle un peu trop mécanique, une voix posée mais sans véritable profondeur. Il plaisait, mais laissait un goût d'inachevé.

Camille, l'artiste, était une caricature d'elle-même. Des boucles d'oreilles trop colorées, une jupe trop fleurie, une gestuelle trop étudiée pour être vraiment bohème. Elle se voulait vibrante, mais ses œuvres étaient plus décoratives que subversives, et son art servait plus de faire-valoir social que d'expression sincère. Lorsqu'elle parlait, elle alignait des superlatifs creux, des adjectifs exagérément enthousiastes, et ponctuait ses phrases de petits soupirs faussement inspirés. Son agenda était surchargé, mais elle courait après le vide.

Et puis il y avait les autres.

Ces hommes et ces femmes, tous issus des mêmes milieux, qui se persuadaient d'incarner la modernité alors qu'ils en étaient les derniers vestiges. Ils parlaient de liberté sexuelle à cinquante ans, après avoir passé leur jeunesse à suivre les normes avec discipline. Ils couraient les clubs échangistes comme on rattrape un train manqué, persuadés que c'était là, enfin, la transgression qui donnerait du sel à leur vie. Ils se tenaient droits dans leurs costumes bien taillés, leurs robes bien coupées, mais dès qu'on les effeuillait un peu, il ne restait qu'une immense quête de sensation, une tentative désespérée de sentir encore quelque chose.

Judith les observait, mi-amusée, mi-blasée. Elle voyait en eux le reflet d'une époque à bout de souffle, d'un entre-soi qui tournait en rond en se croyant toujours à l'avant-garde. Et dans ce tourbillon de certitudes et de contradictions, elle se demandait si, au fond, elle n'était pas tout aussi piégée qu'eux.

Il y a des êtres qui font un soleil dans une pièce écrivait Victor Hugo

Cette phrase semblait avoir été écrite pour cet instant précis. Dans cet univers feutré et convenu, où tout était mis en scène sans conviction, où les éclats de rire ne servaient qu'à masquer l'ennui, il était là, debout devant elle, avec cet accent irrésistible lorsqu'il prononçait « Excusez-moi ». Un Américain. William.

Son regard, d'un vert tendant vers le noisette, trahissait des origines latines. Une voix franche, posée, à la fois sereine et vive. Judith resta interloquée. Dans cette assemblée où tout semblait figé, où les conversations se ressemblaient jusqu'à l'indistinction, il y avait donc une anomalie.

Un éclat de lumière. Et, mieux encore, cet éclat venait de s'adresser à elle.

Comme à chaque fois qu'elle était désarçonnée, elle choisit de rire. Un rire joyeux, fleuri, qui sentait la plage, le soleil, les corps chauds.

Il l'observait, amusé.

— Comment ne plus faire la fête, mais rire ?

C'est avec cette phrase qu'il l'avait abordée. Comme s'il savait exactement où la toucher.

William avait entendu son laïus sur le champagne et le prosecco. Il ne s'en était pas offusqué. Bien au contraire. Il était propriétaire du domaine qui fournissait la réception, et il trouvait cette petite Française pleine d'audace pour remettre en question un fleuron italien avec autant d'aplomb.

Ses yeux disaient : Je t'aime déjà.

— Alors, dites-moi, Judith, qu'avez-vous contre le prosecco ?

Elle sourit, amusée.

— Ce n'est pas tant que j'ai quelque chose contre, c'est juste que personne ne rêve en criant « Prosecco ! » On rêve en criant « Champagne ! ».

— Vous êtes dure.

— Réaliste. C'est comme la mer et la piscine. On ne rêve pas d'un plongeon dans une piscine, on rêve de s'élancer dans l'eau salée, de sentir la houle nous porter, de nager jusqu'à ne plus voir le rivage.

William haussa un sourcil, intrigué.

— Vous nagez en mer ?

— Autant que possible. C'est mon seul vrai refuge.

— Moi aussi.

Un frisson parcourut la colonne vertébrale de Judith. Ce « moi aussi » résonnait différemment, comme une promesse secrète, une correspondance intime avant même d'être formulée. Elle l'observa. Son regard noisette-vert avait cette profondeur particulière de ceux qui connaissent l'infini de l'horizon marin.

— Il y a quelque chose de fascinant dans la mer, reprit-il. On se débarrasse du poids du corps, on flotte, on se sent libre…

— Et des pensées aussi, ajouta-t-elle. Les peines restent à la surface, comme un vieux filet de pêche qu'on abandonne derrière soi.

— Exactement. Et puis cette sensation quand on plonge, quand l'eau engloutit chaque centimètre de peau, comme si on redevenait autre chose…

— Presque une onde. Une énergie.

— Vous croyez aux énergies ?

— Je crois aux vibrations. À cette sensation de plénitude quand on nage loin, quand le bruit du monde disparaît, quand tout devient silence et mouvement à la fois.

— Vous savez ce que j'aime le plus ? Ce moment où l'on est suspendu entre deux eaux, juste avant de refaire surface.

— Ce moment où l'on oublie presque qu'il faut respirer ?

— Celui-là même.

Un silence s'étira entre eux, mais il n'était pas gênant. Il vibrait d'un sous- entendu, d'un début, d'un frémissement. Judith, d'ordinaire si ironique, si distante, sentit son cœur accélérer légèrement.

— Vous aimeriez nager avec moi un jour ? demanda William avec un sourire en coin.

Elle le fixa un instant avant de répondre, faussement désinvolte :

— Pourquoi pas. Mais seulement si vous promettez de ne pas essayer de me semer.

— Je ne sème jamais ceux qui nagent vraiment.

— Alors il faudra voir si vous suivez le rythme.

Et cette fois, ce fut lui qui rit. Un rire franc, clair, qui résonna comme un écho au sien. Judith se redressa légèrement, piquée d'une excitation légère. Elle ne croyait pas au destin, mais elle croyait aux rencontres qui vous font vibrer comme une corde tendue au vent.

Et quelque chose lui disait que celle-ci en faisait partie.

— Vous savez, dit-elle en penchant la tête, nager, c'est un peu comme l'art.

— Ah oui ?

— C'est une manière d'élaguer tout ce qui est inutile, de revenir à l'essentiel. Quand on est dans l'eau, il ne reste que le mouvement, la respiration, l'élan.

William sourit, son regard fixant le sien comme s'il venait de trouver quelque chose de rare.

— Vous croyez donc que l'art et la mer peuvent nous aider à affronter l'absurdité de l'existence ?

— J'en suis persuadée. Quand tout le reste semble n'avoir plus de sens, il reste ces instants suspendus où l'on se sent vivant.

Il hocha la tête, pensif.

— Vous êtes peut-être la première personne que je rencontre qui exprime aussi bien ce que je ressens depuis toujours.

Elle haussa les épaules, faussement légère.

— Ou peut-être que vous n'aviez juste pas encore rencontré la bonne personne pour en parler.

Un frisson passa entre eux , imperceptible mais indéniable. Judith se demanda si, après tout, le destin ne se moquait pas un peu d'elle ce soir.

Ils marchaient sans vraiment presser le pas, remontant la rue Royale. La lumière de fin de journée s'accrochait aux dorures des fontaines, glissait sur la pierre claire de la Madeleine. Tout semblait plus beau qu'il ne l'était sans doute, mais c'était l'effet du crépuscule, ou du vin.

— Ce n'est pas celui qui pense à toi à l'aube, seul dans son lit, qui compte, lâcha William.

Judith haussa un sourcil, amusée.

— Non ?

— Non. C'est celui à qui tu manques à quatorze heures, au milieu d'un café bruyant, alors qu'il rit avec des amis et qu'il se dit : « Merde, j'aimerais qu'elle soit là. »

Il disait ça d'un ton léger, presque détaché, mais Judith sentit la phrase s'accrocher quelque part en elle. Et ce « merde » dit avec son accent américain, un peu trop appuyé, la fit sourire.

Il tenait à prouver qu'il maîtrisait la langue, comme un élève appliqué, et ce simple détail, cette volonté de bien faire, rendait tout ça étrangement charmant. Ils arrivaient à Concorde, la lumière fondait la pierre et le ciel en un même doré doux, irréel.

— Parce que l'autre, reprit William, ce n'est qu'un vide passager. Et le vide cherche toujours à se remplir, peu importe avec qui.

Parce que l'autre, continua William, ce n'est que de l'ennui. Et l'ennui trouve refuge en n'importe qui.

Judith sourit, un sourire en coin, un peu trop silencieux. Elle le savait déjà. Mais c'était différent, quand c'était lui qui le disait.

Judith referma la porte du Uber, posa son sac à côté d'elle et poussa un soupir à peine audible. La nuit avait été tendre et complice. Le chauffeur, un homme d'une cinquantaine d'années au visage marqué par l'habitude des nuits trop courtes et des clients trop bavards, lui lança un regard dans le rétroviseur.

— Roissy ?

— Oui, Charles de Gaulle

La voiture glissa doucement dans les rues encore tièdes de la nuit passée. Paris s'éveillait dans ce mélange de grâce et de chaos qui lui était propre. Judith aimait cette heure suspendue, avant que la ville ne se livre totalement à ses excès.

Le chauffeur, lui, semblait déjà excédé. D'un geste du menton, il désigna un énième vélo qui zigzaguait sans prévenir entre les voitures.

— C'est devenu n'importe quoi, Paris. Avant, on se plaignait des bouchons, maintenant, c'est de la roulette russe à chaque carrefour. Vous voyez ça, Madame ? Ces types qui déboulent avenue de Rivoli comme si c'était une piste cyclable privatisée par Hidalgo ?

— Mais c'est une piste cyclable privatisée par la maire de Paris Hidalgo.

Il eut un rire bref.

—Justement. Nous, les taxis, on est des survivants. Avant, on râlait sur les bus, les touristes, maintenant on slalome entre les vélos, les trottinettes et les joggeurs du dimanche.

Judith sourit. Elle voyait exactement de quoi il parlait. Ces bobos parisiens qui trottinaient le long des quais avec des bandeaux fluo, un air de martyr urbain sur le visage, comme s'ils expiaient leurs brunchs trop gras à coups de foulées laborieuses.

Le dimanche matin, c'était devenu une messe païenne : des cohortes en legging, prêchant le culte du bien-être entre deux gorgées de jus détox.

— Vous savez ce qui me fait rire ? dit-elle en regardant par la fenêtre. Ils courent, ils font du vélo, ils jouent à être libres, mais ils restent toujours en ligne droite, bien cadrés sur leur piste. Jamais un écart, jamais une improvisation. Ils respectent les marquages comme des enfants obéissants.

Le taxi hocha la tête.

— C'est vrai. C'est une liberté bien organisée.

La voiture approchait de la place de la Concorde. Judith posa les yeux sur l'obélisque, les fontaines, le gris élégant de la pierre et du ciel mêlés. Il y avait ici quelque chose d'intangible, un écho d'autrefois qui survivait au chaos contemporain. Paris pouvait se couvrir de plots en plastique et de voies interdites, elle, elle verrait toujours la ville comme elle l'avait aimée : Saint- Germain au petit matin, le bruit feutré des pas sous les arcades du Palais- Royal, l'éclat des réverbères sur la Seine un soir de septembre. On pouvait bien repeindre l'âme de Paris, en changer les codes et les trajectoires, quelque chose demeurait. Une mélancolie, une grandeur fatiguée mais intacte.

Le chauffeur ralentit devant le terminal. Il se tourna vers elle avant qu'elle ne descende.

— Vous savez, Madame… un jour viendra où les gens comme nous, les silencieux, prendront leur courage et récupéreront leur ville. Peut-être pas avec des barricades, mais avec le souvenir. Avec cette façon qu'on a de marcher dans Paris comme si elle nous appartenait encore.

Judith le regarda, surprise par cette envolée. Puis elle hocha lentement la tête, lui adressa un sourire et referma la porte derrière elle.

Illusions, jeu d'apparence.

Parfois le bonheur est caché sous une couche de doute et de peurs.

Les apparences sont des illusions fragiles, des façades que l'on ajuste au gré des circonstances.

On s'émeut de ceux qui s'effondrent avec grâce, on leur tend la main, une épaule, une excuse. Mais ceux qui restent debout, vacillants mais fiers, on les ignore.

On préfère détourner les yeux plutôt que de voir ce qu'il en coûte de survivre.

Personne n'embrasse les blessures invisibles, personne ne recueille le sang de ceux qui avancent encore. Il faut savoir souffrir en silence, sourire avec élégance, et ne jamais demander qu'on vous regarde autrement.

Et puis il y a ces jours où l'on ne sait plus très bien à qui appartient notre propre vie. Tout semble dicté par une force extérieure, un enchaînement de choix que l'on n'a pas vraiment faits.

On se surprend à jouer un rôle qu'on croyait pourtant connaître, à sourire par habitude, à marcher sans plus savoir vers quoi.

Mais demain, tout sera différent.

Parce que tout finit par se dissiper, même les brumes les plus épaisses, même les peurs trop longtemps portées.

Les apparences sont des peaux fragiles, des reflets changeants sous la lumière capricieuse du monde. On pardonne à ceux qui tombent avec grâce, mais on détourne les yeux de ceux qui survivent, cabossés, encore debout malgré tout.

Rien ne dure, pas même l'effroi, pas même l'errance.

Les apparences sont des masques de fortune, des peaux trop fines qui craquent sous la lumière crue du jour. Avancer seule en silence, tandis que le monde passe sans s'arrêter.

Judith écrasa sa cigarette du bout du pied, regarda la fumée se dissiper dans l'air tiède du matin et soupira. Finalement, elle n'était pas si rebelle.

Se moquer des bobos à vélo, des joggeurs hypnotisés par leur propre reflet, c'était facile. Trop facile. Presque un tic de pensée, un vieux réflexe usé comme une chanson qu'on écoute par habitude sans plus en entendre les paroles.

Elle secoua la tête. Tout ça était déjà dépassé, vu et revu. Et si c'était ça, au fond, le vrai piège ? Rester enfermée dans un regard ironique, confortable, mais stérile. Comme sa vie, comme ses amours, ses certitudes, tout cela avait besoin d'un nouvel élan. D'autre chose. Une vision plus large, plus lumineuse, sans sarcasme inutile, sans posture, sans cette fatigue de l'esprit qui rabâche toujours les mêmes évidences.

Elle voulait autre chose. Une pensée sans craquements, sans oukase. Une façon d'exister qui ne soit pas seulement en réaction, mais en invention.

Lovés près du cendrier, les précieux restes de tabac fatigué attendaient leur sort. Le clochard, avec la patience d'un orfèvre, les recueillait du bout des doigts, les effritait délicatement avant de les tasser dans un mégot qu' il rallumerait d'une étincelle volée au vent. Un trésor. Son trésor.

À côté de lui, une vieille enceinte crache une chanson de Julien Doré.

« On a fait le tour de Verlaine et Kafka, sers-moi de l'amour dans un verre de pastaga. »

Ironie, pensa Judith en le regardant du coin de l'œil. Et si c'était ça, la vie ?

Un peu d'amour et un verre de pastis recouvert de soleil. Un air traînant dans l'air du matin, des restes que l'on ramasse et auxquels on donne encore une dernière chance.

Judith observa la foule en mouvement, cette agitation fébrile propre aux aéroports. Les passagers s'activaient comme des fourmis, traînant des valises trop pleines et des rêves en transit. Il y avait ceux qui marchaient vite, concentrés, comme si leur destination leur appartenait déjà. Ceux qui semblaient flotter, l'habitude ancrée dans leurs gestes, connaissant presque par cœur leur porte d'embarquement avant même qu'elle s'affiche. Un ballet bien rodé d'êtres pressés ou indifférents, chacun portant son monde en bagage cabine.

Elle, elle s'était arrêtée un instant. Parce que la vie n'était pas là, dans ce mouvement perpétuel, cette course à l'ailleurs. La vie était dans ce café tiède entre ses mains, dans la lumière qui traversait la baie vitrée, dans la voix rauque d'un pilote annonçant un retard avec une lassitude à peine masquée.

Revenir au bonheur de ce que l'on a, c'est un savoir-vivre, se dit-elle. Pas cette course effrénée vers l'inédit, pas cette illusion qu'il faut toujours plus, toujours autre chose.

Non, le bonheur était peut-être dans ce simple luxe : savoir regarder, savoir ressentir, ne pas chercher à s'échapper de soi-même à chaque instant.

Elle sourit en attrapant son billet. Son vol était annoncé. Et pour une fois, elle n'avait pas l'impression de fuir.

Un dernier regard vers Paris, et puis elle se détourna. L'heure était venue de partir.

Le silence après l'autre, après l'amour, est peut-être ce qu'il y a de plus cruel. Ce n'est pas seulement l'absence d'une voix, d'un corps, d'une habitude qui manque. C'est l'absence du témoin.

Judith le savait bien. Ce qu'elle regrettait parfois, ce n'était pas son ex-mari, ni même ce qu'ils avaient construit ensemble. Une vie à deux, avec ses rituels, ses concessions, ses jours de lumière et de lassitude. Non, ce qui la heurtait le plus, c'était ce vide-là : ne plus être regardée.

Ne plus être écoutée, même distraitement. Ne plus avoir ce miroir, ce reflet imparfait mais constant qui lui rappelait, chaque matin, qu'elle existait dans les yeux de quelqu'un.

C'était ça, une rupture. Une caméra qui s'éteint, un micro coupé. Plus personne pour la voir rentrer le soir, pour noter qu'elle avait changé de parfum, pour entendre dans sa voix ces nuances infimes que seule l'habitude sait capter.

C'était étrange, cette absence, ce vide. Pas tant le manque d'un homme, non, mais l'absence de cet autre regard, de ce témoin quotidien.

On ne partage pas sa vie avec quelqu'un parce qu'il est gentil, se dit-elle en haussant les épaules. Ce serait trop simple, trop tiède.

Non, on la partage parce qu'il vous secoue et vous apaise à la fois, parce qu'il sait vous faire rire au moment où vous alliez pleurer, parce qu'il vous exaspère autant qu'il vous enchante. Parce qu'il vous emporte sans jamais vous enchaîner, qu'il vous manque même quand il est tout près, et que ses silences, parfois, en disent plus long que ses mots.

Et surtout, parce qu'il est le seul à deviner que votre mauvais caractère du matin n'est qu'une pudeur mal déguisée, que votre détachement apparent est une armure de pacotille.

Mais voilà, Judith n'avait plus ce témoin. Plus personne pour lever les yeux de son téléphone et dire, l'air de rien : « Ce rouge à lèvres te va bien. » Plus personne pour lui reprocher d'être toujours en retard ou pour rire sous cape quand elle s'agaçait contre le monde entier.

Alors, elle continuait.

À vivre, à sourire, à débattre avec des chauffeurs de taxi sur l'état de Paris, à contempler les passagers qui défilaient dans les aéroports, à refaire l'histoire avec des inconnus de passage.

Mais parfois, entre deux éclats de lucidité, elle se demandait : était-ce vraiment la liberté qu'elle avait tant cherchée ?

Ou juste une autre forme d'errance élégante ?

Le silence, Judith y avait longtemps vu un ennemi. Une menace sourde, un gouffre prêt à l'engloutir dès que la musique s'arrêtait, que les voix s'éteignaient, que la nuit tombait.

Face au silence, le monde se rétracte jusqu'à ne devenir qu'un seul point, nous-mêmes. Et ce point, si on le regarde trop fixement, peut devenir insupportable.

Elle avait cherché à l'éviter, comme tout le monde. En remplissant ses journées de mots, de rires, de bruit, de musique. En occupant son esprit d'informations, de livres, de conversations qui se chevauchaient. Mais le silence était patient. Il attendait, se tapissait sous les phrases toutes faites, dans les respirations entre deux répliques.

Il revenait toujours, inaltérable, imposant, comme la mer après la tempête.

Et puis un jour, elle avait cessé de le fuir. Elle avait compris qu'il n'était pas un vide, mais un espace.

Un seuil où l'on pouvait déposer ses fardeaux, où tout ce qui était superflu s'effaçait pour ne laisser que l'essentiel.

C'était vertigineux. Brutal. Mais d'une clarté absolue.

Pourtant, qui, aujourd'hui, ose encore l'affronter ? Qui accepte de s'asseoir dans ce silence sans chercher à le combler, à le meubler de distractions, de bavardages ? C'est peut-être pour ça qu'on se jette à corps perdu dans l'agitation, les écrans, les certitudes bruyantes. Parce qu'on a peur de ce qu'on pourrait entendre, une fois qu'il ne reste plus rien d'autre.

Avec Arthur, c'était autre chose. Il n'était pas un témoin, il n'avait jamais cherché à l'être.

Il vivait à côté d'elle, pas à travers elle. C'était peut-être pour ça qu'elle se sentait libre avec lui.

Et pourtant, parfois, elle aurait voulu qu'il se retourne, qu'il s'inquiète de ses silences, qu'il perçoive ce frisson d'invisible qui courait sous sa peau.

Mais Arthur n'était pas cet homme- là. Il regardait la mer, il regardait la nuit tomber, il regardait tout sauf elle.

Judith se livrait peu. On croyait la saisir, la comprendre, et aussitôt elle échappait, comme une silhouette entre deux éclats de lumière, pour revenir sous une autre forme, avec un sourire, un silence, une pensée qu'on ne lui connaissait pas.

Elle n'aimait pas être définie, figée dans une seule image. Elle était fluide, insaisissable, un courant d'air qui change de direction juste au moment où l'on croit l'attraper.

La seule chose qu'Arthur savait d'elle avec certitude, c'était son amour du rire. Pas n'importe quel rire. Celui qui surprend, qui secoue, qui fait tomber les barrières. Celui qui éclate entre deux phrases et qui, sans prévenir, devient un instant suspendu où l'on se rend compte, au milieu du tumulte, à quel point on aime être là, avec cette personne. À quel point, sans y penser, on est bien.

Arthur était l'incarnation parfaite du conseiller d'affaires brillant, têtu, un peu trop sûr de lui, mais toujours attachant malgré ses angles vifs.

Un homme qui, après deux mariages et une cinquantaine de maîtresses, en était arrivé à cette période étrange où l'ego commence à se fissurer sous le poids des bilans tardifs.

À soixante ans, il portait le casual du week-end avec une fausse décontraction : un pull en cachemire jeté sur les épaules, un jean parfaitement coupé qui trahissait un passage méticuleux chez un tailleur qui maîtrisait l'art du « négligé-chic », et des baskets blanches d'une propreté suspecte parce qu'un homme comme lui ne laissait jamais vraiment le chaos s'installer, pas même sur ses chaussures.

Il évoluait dans un monde hybride, un pied dans la politique où il conseillait des figures influentes sans jamais trop s'exposer, l'autre dans le microcosme bobo-intello parisien où il dînait avec des éditeurs et des cinéastes, se moquant d'eux tout en chérissant leur compagnie. Il citait Chateaubriand dans un dîner d'affaires et analysait les taux d'intérêt devant un écrivain sans jamais se sentir déplacé.

Arthur avait ce besoin irrépressible de séduire, non par simple plaisir du jeu, mais comme un réflexe pavlovien, une vieille habitude ancrée dans une blessure d'enfance jamais vraiment refermée. Comme un enfant qui, ayant manqué un compliment crucial à l'âge de six ans, passait le reste de sa vie à collectionner les regards admiratifs comme d'autres collectionnent les montres suisses.

Peu importe combien de femmes il avait aimé, quittées ou oubliées, il lui fallait toujours une présence féminine à ses côtés, non pas tant pour elles, mais pour lui, pour ce petit shoot d'assurance qui confirmait qu'il existait encore.

Généreux, il l'était, mais à sa manière : en offrant des voyages, des dîners hors de prix, des livres dédicacés par des auteurs qu'il connaissait personnellement, comme des trophées de son influence discrète. Il savait combler, mais pas toujours écouter.

Et puis il y avait cette zone d'ombre, ce quelque chose d'inachevé dans sa façon d'aimer. Non par manque de sentiment, mais par distraction.

Par habitude aussi. Par ce syndrome de l'homme puissant qui a toujours cru que sa seule présence suffisait.

Il oubliait de dire « je t'aime », non pas parce qu'il ne le pensait pas, mais parce qu'il était persuadé que cela allait de soi.

Il oubliait de caresser le cou de la femme avec qui il se sentait si bien, parce que son esprit était déjà ailleurs, à jongler entre ses ambitions, ses doutes tardifs et ce léger vertige qui vient avec l'âge, quand on réalise que la séduction n'est plus une évidence mais un art qui demande un peu plus d'effort.

Il avait ce paradoxe des hommes mûrs qui ont tout réussi, mais qui, au fond, se demandent s'ils n'ont pas loupé l'essentiel.

Alors il courait sur la plage, il parlait de sport comme d'un remède à l'angoisse du temps, il riait fort dans les dîners, et il continuait à avancer, persuadé que la prochaine étape de sa vie lui offrirait enfin ce qu'il cherchait sans jamais trop savoir quoi.

Judith regardait à travers le hublot, le regard perdu dans l'infini bleu qui se déployait sous elle. La mer et le ciel semblaient se fondre en un horizon indistinct, une promesse de liberté suspendue.

Dans quelques heures, elle serait en Sardaigne.

Quelques heures de pur bonheur sans enjeu.

Là, entre deux mondes, dans cette capsule métallique flottant au- dessus du vide, elle éprouvait une paix étrange. Une parenthèse dans le flux continu du quotidien. Un entre- deux où plus rien n'avait d'emprise.

Elle repensa au Mythe de Sisyphe, Camus parlait de ce malaise profond face à un monde qui ne répond pas, de cette quête de sens à laquelle la vie oppose un silence implacable.

Et si, après tout, être dans un avion n'était pas une version moderne de Sisyphe ?

On s'installe, on s'attache, on regarde les autres passagers avec cette curieuse intimité distante. On sait qu'on partage le même destin pour les prochaines heures, mais on ne se parlera probablement jamais.

Une communauté éphémère, unie par une même trajectoire et un même abandon aux lois de l'aérodynamique. Comme Sisyphe et son rocher, nous savons tous que nous redescendrons, que ce vol ne nous mènera pas à une révélation, juste à un autre bout du monde où recommencer le cycle.

Mais pour l'instant, tout s'arrête.

Le temps suspend son cours. Personne ne peut nous atteindre ici. Pas d'appels, pas d'obligations immédiates. Juste un présent immobile, comme un interlude musical entre deux morceaux de vie.

Judith adorait cette illusion de pause. Le café servi dans un gobelet en carton lui semblait toujours avoir un goût de liberté, les visages endormis autour d'elle formaient une galerie de portraits absurdes et touchants à la fois.

Cet avocat d'affaires à sa droite qui dormait la bouche ouverte, ce couple un peu nerveux qui chuchotait, cette hôtesse de l'air au sourire programmé.

Un petit théâtre humain flottant au-dessus des nuages.

Elle sourit.

Judith l'avait repérée dès l'embarquement. Une adolescente d'environ dix-sept ans, assise deux rangées devant elle, occupée à faire défiler son téléphone avec une nonchalance étudiée. Une « presque femme », dans cette période étrange où l'on joue la maturité comme un rôle principal dans un film dont on croit encore maîtriser le scénario.

Elle portait un ensemble Zara savamment choisi pour imiter les tenues des marques de luxe : un blazer *oversized* noir, une mini-jupe plissée et des bottes montantes qui semblaient directement sorties d'un défilé de la Fashion Week. Son sac en bandoulière brillait d'une fausse audace minimaliste, et son parfum, un *dupe* d'un grand classique flottait autour d'elle comme une déclaration d'indépendance précoce.

Ses cheveux, parfaitement *brushés* mais subtilement décoiffés pour donner cet effet « je ne fais aucun effort alors que j'ai passé une heure devant le miroir », encadraient un visage sculpté par des vidéos TikTok de contouring. Son maquillage, inspiré des influenceuses qu'elle suivait religieusement, rehaussait des pommettes qu'elle ne perdrait que bien plus tard, sans savoir qu'elle les regretterait un jour.

Mais ce qui frappait Judith, c'était ce regard.

Un regard mi-blasé, mi-méprisant, avec cette assurance déconcertante de celles qui croient avoir tout compris à la vie parce qu'elles ont déjà connu trois amours tragiques — dont un avec un garçon qui ne répondait plus sur WhatsApp— . Un regard qui disait « je suis au-dessus de tout ça », persuadée que l'avenir lui appartient et que la vieillesse ne l'atteindra jamais.

Elle regardait les autres passagers comme des spectres du passé, des adultes dépassés par les tendances, des archétypes d'une époque qu'elle balayerait d'un revers de main manucurée.

Judith sourit en l'observant.

Elle aussi, un jour, avait eu dix-sept ans et avait cru, dur comme fer, que le monde plierait sous son assurance. Elle aussi avait eu ce regard, cet air de dire « je ne ferai jamais ces erreurs-là, moi ».

Et puis la vie s'était chargée du reste.

Elle avait envie de lui dire que personne n'échappe au temps, que ces bottes qu'elle portait seraient bientôt remplacées par d'autres, que ce regard assuré s'adoucirait, que la certitude de tout savoir ferait place à la douceur du doute.

Mais à quoi bon ?

À dix-sept ans, on ne croit que ce que l'on veut croire.

Alors Judith la laissa à ses illusions, profitant simplement du spectacle touchant et un peu cruel de cette jeunesse en représentation, si sûre d'elle, et pourtant si fragile sous son armure de faux cuir et de certitudes provisoires.

Si la vie n'avait pas de sens, alors il fallait s'en fabriquer des petits, ne serait-ce que l'espace d'un vol.

Il fallait imaginer Sisyphe heureux.

Ou, à défaut, imaginer un avion où tout le monde cesserait de prétendre être occupé pour profiter, enfin, de cet instant parfait où rien n'a d'importance.

Ils étaient arrivés ensemble, dans le même avion, mais Judith avait pourtant l'impression qu'il était arrivé plus tard.

Pendant le vol, ils avaient échangé quelques mots, partagé un sourire complice, mais il y avait cette distance imperceptible, ce léger décalage, comme si Arthur n'atterrissait jamais vraiment au même moment que les autres.

À l'aéroport, il avait loué la voiture, pris les clés avec son assurance habituelle, et en roulant vers leur refuge temporaire, il lui avait parlé d'un ton posé, presque domestique. À l'entendre donner les indications, commenter la route sinueuse bordée d'oliviers centenaires, un étranger aurait pu croire qu'elle était sa femme.

Il avait cette façon naturelle de s'approprier l'instant, d'installer une intimité qui ressemblait à un engagement, mais qui, dans son cas, n'en était jamais un.

Elle a traversé la maison en silence, frôlé les fantômes de la vie d'Arthur, ouvert les fenêtres sur la mer. L'air salé lui a mordu la peau, réveillant une mémoire plus ancienne qu'elle- même.

Le bois flotté sentait le temps, l'huile d'olive et quelque chose d'indéfinissable, une trace de vie passée.

Le soleil descendait sur la Sardaigne. La plage privée s'étendait en contre-bas, ourlée de rochers ronds comme des épaules humaines.

La lumière dorée s'étalait sur le paysage comme un voile d'ambre liquide, enveloppant tout d'une douceur irréelle. Le ciel, d'abord bleu profond, se dégradait en une palette de roses, d'orangés et de mauves pastel, ce mauve délicat qui n'apparaît qu'aux soirs d'été, lorsque le jour s'efface avec une lenteur exquise.

Les grandes pierres ocre de la maison semblaient s'illuminer de l'intérieur, renvoyant la chaleur accumulée tout au long de la journée. Entre les interstices des murs, le romarin poussait en liberté, distillant son parfum puissant, résineux, presque enivrant, mêlé aux embruns salés qui montaient de la mer.

La végétation, dense et vibrante sous cette lumière dorée, frémissait doucement, caressée par la brise tiède. Les agaves déployaient leurs feuilles acérées comme des sculptures vivantes, tandis que les oliviers noueux projetaient leurs ombres longues et élégantes sur la pelouse.

L'escalier naturel, sculpté par le vent et les marées, serpentait entre les roches jusqu'à la plage en contre-bas. Ses marches irrégulières, adoucies par le temps, portaient la mémoire invisible des pieds nus venus s'y attarder, hésitants entre la terre et la mer.

En bas, quelques barques de pêcheurs, aux couleurs pastel délavées, bleu ciel, vert d'eau, blanc cassé reposaient sur le sable.

Elles semblaient abandonnées là comme les touches finales d'un tableau impressionniste, offertes au regard du crépuscule.

Au bout du ponton de bois, une silhouette solitaire se découpait en contre-jour. Un pêcheur, immobile, jetait sa ligne dans les eaux tranquilles. Il avait la patience des hommes qui connaissent la mer, et dans cette lumière suspendue, il semblait appartenir à un autre temps. Une estampe japonaise vivante, où la nature et l'homme ne faisaient plus qu'un, baignés dans un parfum de romarin et d'infini.

Elle a enlevé ses sandales, laissé ses pieds toucher le sol chaud. Elle voulait sentir. Tout.

Arthur avait disparu une heure après leur arrivée. Il avait l'allure de ceux qui ne demandent jamais rien, qui traversent le monde sans heurt apparent mais avec des failles invisibles sous la surface. Ses yeux étaient sombres, pleins de ce passé qu'il portait comme une armure.

— Judith.

— Arthur.

Pas de baiser sur la joue. Juste cette tension, ce fil invisible qui les liait et les maintenait à distance en même temps.

La maison était là, posée sur la falaise comme un secret bien gardé. Une bâtisse aux volets sable délavé, usée par le sel et les années, mais vibrante d'histoires. Judith en poussa la porte et un souffle chaud et épicé lui caressa la peau : l'odeur du bois ciré, du linge ancien, du soleil qui s'était incrusté dans les pierres. Et, plus lointaine, presque impalpable, une trace de parfum féminin, un sillage passé qui refusait de s'effacer totalement.

Elle avança dans la grande pièce où les fenêtres ouvertes offraient une vue imprenable sur la mer. En contre-bas, la plage privée s'étirait, ourlée de rochers blonds et de sable fin. L'air sentait le myrte et le lentisque, un parfum sauvage et enivrant, presque charnel.

Plus loin, les figuiers ployaient sous leurs fruits mûrs, lourds et sucrés, éclatant parfois sous la chaleur avec un bruit doux, une confidence offerte au vent.

Tout ici appelait les sens : la lumière crue qui sculptait chaque détail, le chant entêtant des cigales, la brise tiède qui effleurait la peau comme une caresse involontaire.

Mais Judith ne se laissait pas tromper. Elle savait que la beauté d'un lieu pouvait être une illusion, un décor somptueux dissimulant des fissures invisibles.

C'est là qu'elle le vit.

Arthur était appuyé contre la rampe de l'escalier, Il la regardait sans rien dire. Un instant suspendu, chargé d'une tension douce et familière.

— Tu es venue, murmura-t-il enfin.

— Oui.

Elle posa sa valise dans un coin. Il ne fit pas un geste pour l'aider. C'était une vieille habitude entre eux : une distance préservée, un jeu dont ils connaissaient tous les codes.

Elle parcourut la pièce du regard. Les photos étaient encore là. Des clichés en noir et blanc, accrochés sans ordre précis. Un visage féminin, des éclats de rire figés dans le temps, une silhouette familière.

L'ex-femme d'Arthur.

Une présence fantôme qui s'imposait sans bruit, qui murmurait que cette maison n'appartenait pas seulement au présent.

Arthur s'approcha et Judith sentit une infime hésitation dans son mouvement, comme s'il voulait lui dire quelque chose sans savoir par où commencer. Finalement, il se contenta de servir deux verres de vin blanc, frais et minéral.

— Je les enlèverai, dit-il en désignant les photos.

— Non.

Elle mentait. Mais elle n'était pas prête à l'admettre, même à elle-même.

Il s'assit sur le canapé, le regard perdu vers la mer.

— Tu sais, Judith… parfois je me demande si l'amour n'est pas une suite d'échos. Des voix du passé qui résonnent dans celles du présent.

Elle prit une gorgée de vin. Son cœur se serra légèrement.

— Ce n'est pas à moi qu'il faut poser la question.

Il la fixa un instant, puis détourna les yeux.

Elle connaissait ce regard. Celui d'un homme qui se bat contre ses propres ombres mais qui n'a pas encore décidé de les affronter.

Elle était là, dans cette maison, dans cette île baignée de lumière. Elle pouvait sentir chaque pulsation de la nature autour d'elle, chaque souffle du vent sur sa peau. Elle était vivante, vibrante.

Mais était-elle seulement une femme pour lui ce soir, ou juste une présence, une oreille patiente à laquelle il pouvait se confier sans risques ?

Un souvenir de Frida Kahlo lui revint en mémoire : « Si je suis obligée de te demander, je n'en ai plus envie. »

Elle sentit cette phrase s'enrouler autour d'elle comme une vérité qu'elle n'osait pas encore affronter.

Si elle devait lui demander d'exister à ses yeux, alors elle n'en avait plus envie.

L'île était vivante. La végétation, dense et impudique, embaumait. L'odeur entêtante des figuiers mûrs montait dans la chaleur. Judith nageait tôt, avant qu'Arthur ne se lève. L'eau l'avalait, la berçait, la nettoyait de tout ce qu'elle avait cru indélébile.

Le soleil s'étirait paresseusement sur la peau de Judith, l'enveloppant d'une chaleur soyeuse, presque liquide, comme un drap chauffé par l'été.

Face à elle, la mer déroulait son éternelle respiration, étale et hypnotique, d'un bleu profond strié d'éclats d'or. L'air sentait le sel, les herbes sauvages et ce parfum envoûtant du maquis sarde, un mélange de myrte et de romarin qui s'accrochait aux pierres brûlantes. Elle laissa la brise caresser son visage, tiède et parfumée, tandis qu'au loin, sur le rivage de Santa Teresa, quelques pêcheurs préparaient leurs filets sous l'ombre pâle de leurs barques échouées.

— Parfois, aimer, c'est accepter l'imperfection et se laisser découvrir, murmura-t-elle, plus pour elle-même que pour Nicolas son ami d'enfance de passage sur l'île, qui la rejoignait un bref instant avant de retourner à son restaurant.

Il rit doucement, sa silhouette découpée sur le bleu éclatant de la mer. Après avoir parcouru le monde au gré des caprices d'un milliardaire amateur de haute cuisine et de découvertes exotiques, il était devenu l'un des chefs les plus renommés, mais ici, il retrouvait l'enfant d'autrefois, celui qui rêvait en regardant les vagues.

— C'est une question de vibrations, répondit-il en s'asseyant à ses côtés. Tout est énergie, tout est mouvement. Quand tu cuisines, tu ressens la vibration des ingrédients, leur histoire, leur musique. Regarde la mer : elle ne fait que ça, vibrer, appeler.

Judith acquiesça, les yeux mi-clos. Elle se souvenait d'une légende racontée par un vieux pêcheur sarde : la mer élève ceux qui l'écoutent. Il disait que l'eau résonnait en nous, comme les mandalas de sable effacés par le vent, comme les sons vibrants des bols tibétains qui éveillaient quelque chose d'oublié en nous.

Nicolas lui tendit une assiette, simple et belle, où reposait une portion de *zuppa gallurese*, ce plat ancestral de la région, humble et riche à la fois : du pain imbibé de bouillon parfumé, fondu sous une couche de pecorino et de menthe sauvage. Elle en prit une bouchée, retrouvant dans cette saveur profonde tout ce que cette terre avait à offrir : la rudesse des vents, la douceur du fromage, la chaleur du pain partagé.

— La cuisine, c'est comme l'amour, reprit Nicolas. Il faut de la patience, de la justesse, et accepter que rien ne soit parfait.

Judith sourit. Le goût du fromage fondu s'attardait sur sa langue, comme une promesse de quelque chose d'essentiel. L'essentiel, peut-être, était là : dans le sel sur sa peau, dans l'éclat du soleil sur l'eau, dans cette conversation suspendue entre l'enfance et l'avenir.

Judith releva la tête, un sourire espiègle au coin des lèvres. Elle fixa Nicolas avec cette lueur malicieuse qui précédait toujours une remarque piquante.

— Dis-moi, grand maître des saveurs et des mystères du monde, est-ce que tu savais que les dessins des mandalas sont en fait l'image d'un son ? À chaque vibration, une forme spécifique se crée. C'est purement cinétique.

Nicolas haussa un sourcil, amusé.

— Tu veux dire que si je fredonne faux, je vais créer un mandala bancal ?

— Exactement ! Un chaos cosmique en une seule note, ricana-t-elle. Imagine, la mer avec toutes ses fréquences.

Elle doit dessiner un chef-d'œuvre permanent, et nous, pauvres mortels, on est là à essayer de comprendre avec nos petits cerveaux limités.

Il secoua la tête en riant.

— Et toi, tu crois que ta voix a déjà créé un mandala parfait ?

Judith plissa les yeux, faussement vexée.

— Bien sûr. Chaque fois que je ris, j'en dessine un en or.

Ils éclatèrent de rire ensemble, et la mer, inlassable, continuait de vibrer autour d'eux.

Nicolas fixa Judith, pris d'une envie irrésistible et un peu ridicule de lui prendre la main, de lui dire « Viens, je m'occupe de tout », comme dans un mauvais film romantique où personne n'a jamais trop mal ni trop peur. Mais au lieu de ça, il fit ce que font tous les hommes quand ils hésitent : il posa une question.

— Qu'est-ce que tu aimes chez les autres ?

Judith haussa un sourcil, amusée. Elle fit mine de réfléchir, alors qu'en réalité, elle savait exactement ce qu'elle allait répondre.

— Un mélange de charme et d'intelligence, la bonté.

Elle marqua une pause, le temps d'allumer une cigarette, savourant le petit cérémonial du geste.

— J'aime quand l'harmonie et la complicité règnent. Mais surtout la tendresse. C'est là qu'on teste la véritable intelligence. Je suis d'accord avec Sagan. Je suis pour le progrès du charme de la vie.

Nicolas sourit. Il aimait cette façon qu'elle avait de dire les choses simplement, avec cette fausse désinvolture qui dissimulait une lucidité tranchante.

— Donc, si je comprends bien, les gens brillants mais insensibles sont condamnés à l'idiotie ?

— Exactement, confirma-t-elle en soufflant sa fumée. Comme les hommes qui veulent tout gérer, mais jamais les émotions.

Il rit doucement. Il ne savait pas si elle parlait de lui, mais c'était fort possible.

Elle sentait Arthur l'observer depuis la terrasse. Il ne disait rien. Mais elle savait.

Le poids de l'incertitude. La conviction des paroles. Reconstruire sa vie.

— Judith on y va ?

— J'aime quand tu prends ma vie en main Arthur, murmura-t-elle ironiquement.

Ils ont marché jusqu'au village voisin, achetant du vin blanc, du poisson et des citrons. Ils ont cuisiné en silence, les gestes simples d'une intimité ancienne et nouvelle à la fois. La musique passait en boucle du jazz, des sonates, une chanson italienne qu'elle ne connaissait pas mais qui lui brisait le cœur.

— On a fait semblant trop longtemps, Arthur.

Il a levé les yeux. Il savait.

— À la mer. À son calme trompeur.

La lumière s'étirait lentement à travers les grandes fenêtres, projetant sur les murs des éclats mouvants de la mer. Tout ici semblait peint à l'aquarelle : le bleu liquide du ciel se fondait dans l'azur plus dense de l'eau, et à l'horizon, les vagues venaient mourir avec une douceur trompeuse. Vue d'ici, la mer était une promesse de sérénité, une respiration lente et régulière, comme si le monde tout entier avait trouvé son équilibre.

Mais Judith savait que c'était une illusion.

Les tempêtes étaient sous la surface. Invisibles. Traîtresses. Comme en elle, comme en lui.

Arthur était resté longtemps devant la baie vitrée, une tasse de café tiède entre les mains. Il regardait la mer, mais il ne la voyait pas vraiment. Judith l'observait en silence, devinant les ombres derrière son regard, ces dissonances qu'il portait comme une mélodie inachevée.

Elle posa son livre, s'approcha de lui.

— À quoi tu penses ?

Il eut un sourire bref, presque amusé.

Elle hocha la tête.

— Tu sais, il y a une chose qui me fascine chez les grands peintres. Ils ne peignent jamais une mer complétement lisse. Il y a toujours une tension dans leurs vagues, même dans le plus paisible des paysages marins. Comme si la nature refusait le silence parfait.

Arthur tourna légèrement la tête vers elle.

— Et la musique ?

— Pareil. Les silences sont pleins. Tu peux croire qu'un morceau est doux, mais si tu écoutes vraiment, il y a toujours quelque chose d'autre dessous. Une tension, une note en suspens.

Il la fixa un instant, et elle sentit cette distance invisible, ce mur qu'il dressait toujours entre lui et le reste du monde.

— Tu vois, Arthur, les blessures, c'est pareil. Quand tu refuses de les regarder en face, elles ne disparaissent pas. Elles dictent juste la manière dont tu bouges, dont tu parles, dont tu aimes.

Elle posa une main légère sur son bras.

— Les femmes le sentent. Elles perçoivent cette absence, même quand tu es là.

Il baissa les yeux.

Judith soupira et s'éloigna. Elle ne voulait pas d'un amour fait de demi-présences, de silences pesants et d'émotions bridées. Elle voulait une mer en mouvement, une partition où les dissonances ne seraient pas étouffées mais pleinement assumées.

Elle ouvrit la porte-fenêtre et sortit sur la terrasse. L'air du large portait l'odeur des pins et du sel. Plus loin, la mer brillait, vivante et indomptable.

Elle ferma les yeux un instant.

Peut-être était-ce ça, aimer encore après l'amour : ne plus chercher à lisser les vagues, mais apprendre à les traverser.

Le vin avait délacé leurs âmes. La mer était une ombre mouvante, une respiration lente et régulière.

Le vin avait délié les âmes, ou du moins ce qu'il en restait après une journée trop pleine d'instants trop feutrés. Barry White, avec sa voix chaude et grave, enveloppait la pièce d'une langueur moelleuse, une caresse invisible qui glissait sur la peau, s'infiltrait dans les pores. La basse vibrait quelque part sous la peau, résonnait dans le plexus, une onde qui roulait et se brisait dans la chair avant de s'y fondre. 40 hertz d'une sensualité rassurante, une promesse venue d'un endroit où rien n'est jamais tout à fait grave.

"I don't want clever conversation; I just want a way you are."

Judith frissonna, non pas de froid, mais de cette alchimie particulière qu'offrent certains morceaux de musique : cette impression que l'univers tout entier s'accorde sur une même note, comme si l'instant existait déjà ailleurs, dans une boucle où le temps n'avait plus rien à voir avec l'ordre du monde. Une synchronicité parfaite, fugace et précieuse, comme un battement de paupières qu'on aurait rêvé plus long.

Arthur, lui, était déjà ailleurs. Absorbé dans cet ailleurs qu'il portait en permanence, un refuge préfabriqué où il évitait soigneusement tout ce qui pourrait l'atteindre. Il sirotait son verre avec cette nonchalance vaguement absente qu'elle connaissait par cœur, ce léger plissement de front qui signifiait qu'il était en train de penser à tout sauf à ce qui se passait devant lui.

— La plupart du temps, je ne comprends rien à ce que tu dis, finit-il par lâcher, presque distraitement.

Judith eut un sourire, ce sourire un peu moqueur qu'elle réservait aux hommes fatigués d'eux-mêmes.

— Ce n'est pas grave, répondit-elle. Tu ressens, c'est l'essentiel.

Judith aurait pu rire, hausser les épaules, lui envoyer une pique pour masquer cette vieille déception qu'il lui servait comme une rengaine. Mais ce soir, l'effet fut différent, plus pernicieux. Elle repensa à cette phrase de Frida Kahlo : « Si je dois demander, je n'en ai plus envie. »

Arthur lui provoquait sans cesse ce sentiment. Comme un écho lancinant, une lame fine qui entaillait à peine, juste assez pour piquer sans faire couler le sang. Parfois, l'envie de le planter là, sans un mot, sans se retourner, la prenait violemment, comme un vertige. Une tentation délicieuse et amère, celle de le laisser dans ses pensées, face à ce vide qu'il refusait de voir, et de s'en aller en dansant sur Barry White, le verre encore à la main, sans un regard en arrière.

Juste pour voir s'il la suivrait. Juste pour savoir si, pour une fois, il écouterait vraiment.

Barry White, sa voix chaude et rassurante s'infiltrant dans l'air comme une caresse invisible. Les basses vibraient à 40 hertz, envoyant un message silencieux au corps, une onde qui passait de la peau à l'os, éveillant un frisson imperceptible. Judith le savait, certaines fréquences touchaient des zones inexplorées de l'être. Mais Arthur, lui, ne voyait que la surface des choses.

Elle laissa ses yeux glisser sur Arthur, confortablement installé dans l'illusion de son monde intérieur. Lui, réfugié dans ses pensées, préférait l'abstraction à la présence. Il entendait sans écouter, répondait sans s'impliquer.

Judith eut un sourire sans joie. Il était doué pour ça : réduire l'essentiel à l'anodin, esquiver d'un revers de main tout ce qui exigeait un minimum de vertige.

Ils se sont retrouvés sur la plage.

— J'ai passé ma vie à ne pas y croire, Judith.

— À croire à quoi ?

— Qu'on puisse aimer encore après l'amour.

Elle a souri. Il y avait des blessures qu'on ne répare pas, juste des morceaux qu'on accepte de porter autrement.

— Tu sais, Arthur, j'ai pensé à un truc, dit-elle en croisant les bras, un sourire en coin. Tu devrais essayer le *kintsugi* !

Il releva un sourcil, distrait, déjà à moitié ailleurs.

— Le quoi ?

— *Kintsugi* ! Cet art japonais qui consiste à réparer les objets cassés avec de l'or. Paraît-il que ça leur donne encore plus de valeur.

Elle laissa sa phrase en suspens, observant le léger tressaillement des vagues au loin, comme si elles aussi avaient été brisées puis recousues par un fil invisible.

— C'est une belle idée, tu ne trouves pas ? poursuivit-elle. Loin du culte de la perfection, du neuf, de l'intact. Accepter la cassure, ne pas chercher à l'effacer, mais au contraire, la révéler. Marquer l'endroit précis où l'objet a cédé, non pas comme une honte, mais comme un témoignage de son histoire.

Arthur la regarda du coin de l'œil, sans répondre.

— Tu vois, dans notre monde, tout ce qui est fissuré est jeté. Les cœurs, les amours, les âmes fatiguées. Mais dans l'esprit du *kintsugi*, on ne masque pas la blessure, on la souligne d'or. C'est une manière d'honorer ce qui a souffert, de dire : voilà, il y a eu une faille, une chute, et pourtant, il est encore là.

Peut-être même plus beau qu'avant.

Elle fit tourner son verre entre ses doigts, savourant le poids de ses propres mots.

— C'est un geste d'humilité, aussi. Accepter qu'on ne soit pas indemne. Que l'on porte tous des cicatrices, des failles par lesquelles la lumière passe, comme dirait Cohen.

Arthur esquissa un sourire fugace, mais son regard s'était déjà perdu ailleurs. Elle le connaissait trop bien. Il entendait, bien sûr, mais il n'écoutait pas vraiment. Toujours cette distance, cette manière d'être présent sans jamais s'abandonner tout à fait.

Elle soupira, amusée et lasse à la fois.

— Enfin, toi, je suppose que si tu pratiquais le *kintsugi*, tu remplacerais l'or par du platine.

Arthur esquissa un sourire absent, hocha vaguement la tête, mais son regard dérivait déjà au loin, happé par une pensée plus grande, plus importante, sans doute.

— Ça ne te ferait pas de mal, continua-t-elle, faussement songeuse. Recoller tes fêlures avec un peu de dorure. Un genre de lifting philosophique.

Il eut un léger rire, sans répondre, les yeux fixés sur l'horizon.

— Mais bon, ajouta-t-elle en haussant les épaules, les hommes comme toi n'écoutent jamais les conseils de ceux qui les connaissent trop bien. Trop occupés à penser à la prochaine bataille, au prochain pouvoir à saisir, au prochain coup à jouer.

Elle but une gorgée de son verre et soupira, faussement blasée.

— Et puis, entre nous, je doute que l'or suffise à tout réparer. Certains morceaux, on finit juste par les trimballer comme des breloques mal assorties.

Arthur ne répondit rien, mais elle savait qu'il l'avait entendu.

Elle le savait mieux que personne.

La mer, immuable et mouvante à la fois, s'étendait devant eux. Judith suivait du regard le va-et-vient des vagues, leur manière d'embrasser la plage avant de se retirer, comme un amour qui se donne et se reprend. Elle pensait à son mariage. Quarante ans. Une vie entière. Et maintenant ?

Elle avait tout donné. Son amour, son corps, son courage. Elle avait cru à l'évidence des choses bien faites, aux sentiments qui se nourrissent d'eux-mêmes, aux promesses tenues sans effort. Et pourtant, un jour, elle s'était réveillée seule.

L' amour a une façon étrange d'améliorer les gens. Lorsque vous aimez, vraiment, vous ne voyez pas seulement une personne, vous voyez un reflet de vos espoirs, de vos désirs les plus profonds. L'autre devient un écran sur lequel vous projetez votre lumière, et dans cette lumière, il brille.

Elle avait fait cela. Elle l'avait fait toute sa vie.

Elle avait illuminé un homme, sans voir que dans l'ombre, il devenait un étranger.

Parce que c'est ainsi que cela fonctionne : tant que vous aimez, vous arrangez l'image, vous lissez les aspérités, vous minimisez ce qui vous fait souffrir.

Mais une fois que la lumière faiblit, une fois que l'émotion s'apaise, les contours se précisent, les angles redeviennent tranchants, les silences plus pesants.

Elle avait cru que le pouvoir d'aimer suffisait. Qu'il était un rempart contre tout. Elle s'était trompée.

— À quoi tu penses ?

Arthur venait de briser le silence. Il s'était rapproché, son regard posé sur elle avec une douceur inhabituelle.

— À ce qu'on fait quand il faut tout recommencer, murmura-t-elle.

Il hocha la tête.

— Et tu as trouvé une réponse ?

Elle fit rouler son verre entre ses doigts.

— Peut-être qu'on ne recommence pas. On continue.

Arthur ne répondit pas immédiatement. Il fixait la mer, comme s'il cherchait dans ses remous une vérité plus grande que lui.

— Tu crois qu'on peut aimer après l'amour ?

Judith sourit, un sourire triste et plein de lucidité.

— Je crois surtout que les femmes n'ont pas le luxe de ne pas essayer.

Parce qu'au-delà du chagrin, de la solitude et des blessures, il y avait cette réalité brutale : les femmes ont toujours dû se réinventer. Elles portent l'amour comme une responsabilité, elles y mettent leur force, leur patience, leur résilience. Elles donnent, encore et encore, jusqu'à l'épuisement parfois.

Et quand l'amour s'en va, elles restent là. À devoir recoller les morceaux. À devoir avancer.

C'est ce que les hommes ne comprennent pas toujours. Ils croient que quitter ou être quitté, c'est la fin. Mais pour les femmes, ce n'est jamais une fin. C'est une transformation. Elles n'ont pas le choix.

Arthur l'observait en silence. Elle savait qu'il pensait à son ex-femme, à cette maison où il l'avait aimée, à toutes ces années où elle avait été son évidence. Mais ce qu'il ne voyait pas, ou refusait de voir, c'était que les femmes, elles, n'avaient pas ce luxe du regret immobile. Elles n'avaient pas le privilège de rester figées dans un passé révolu.

Elles devaient renaître.

— Judith… Il hésita.

Elle posa une main légère sur son bras.

— Ne dis rien. Ce soir, ce n'est pas le passé qui compte.

Arthur acquiesça lentement. Il leva son verre.

— À la suite, alors.

Elle trinqua avec lui, le regard toujours rivé sur la mer.

La mer n'efface rien. Elle polit, elle transforme, elle recrée.

Judith aussi.

Quand il posa la main sur elle, ce ne fut pas un assaut, ni une conquête. La tendresse après l'orage.

Ses doigts glissèrent lentement sur sa peau, dessinant des lignes invisibles, comme s'il voulait l'apprendre par le toucher, la retenir sans l'emprisonner. Il y avait, dans ce geste, la gravité des certitudes tardives, le poids des étreintes où le désir ne brûle plus à l'aveugle mais consume en profondeur.

Il l'effleura d'abord, paume ouverte sur sa hanche, avant de remonter lentement, sa bouche frôlant la courbe de son épaule. Elle frissonna, non pas d' impatience, mais de cette reconnaissance intime, celle des âmes qui se retrouvent et se répondent.

Du bout des doigts, il suivit la ligne de son dos, comme s'il voulait l'ancrer en lui, la graver sous sa peau. Il se pencha, son souffle chaud effleurant sa nuque, et elle se cambra imperceptiblement, offerte à cette lente redécouverte. Leur peau parlait une langue ancienne, un murmure de reconnaissance. Rien de brutal, rien d'aveugle, juste une évidence qui prenait son temps.

Judith s'est réveillée seule. Arthur était parti courir sur la plage, comme toujours. Il reviendrait.

Judith sirota son café en le regardant s'éloigner, silhouette volontaire et appliquée, traçant son sillon sur le sable comme un moine enquête d'illumination. Elle connaissait cette mode. Les hommes de plus de cinquante ans qui couraient comme on récite un mantra, persuadés qu'à chaque foulée, ils repoussaient l'inévitable. Comme si l'âge, la fatigue et le temps étaient des ennemis qu'on pouvait semer à coups de baskets dernier cri.

Elle n'avait rien contre le sport, bien sûr. Mais elle avait remarqué cette étrange ferveur chez certains. Une façon de dire « je cours » avec la même gravité qu'on dirait « je médite » ou « Je fais une retraite en silence au Tibet ». L'effort devenait un manifeste, une déclaration existentielle.

« Tu devrais essayer, ça change tout », lui avait un jour soufflé un ami avec l'enthousiasme missionnaire des convertis.

Tout changer ? Vraiment ? Était-ce donc cela, la clé du bonheur post-cinquante ans ? Enfiler un short, martyriser ses genoux et attendre la révélation entre deux crampes ?

Et puis, il y avait ce paradoxe amusant : ces mêmes hommes qui, il y a vingt ans, riaient doucement de ceux qui faisaient attention à leur corps, qui trouvaient ridicule l'idée de compter les calories ou de courir sans être poursuivis par un danger réel. Et maintenant ? Maintenant, ils postaient fièrement leurs temps sur des applications, détaillaient leurs parcours comme d'autres analyseraient un roman de Proust, et regardaient ceux qui ne couraient pas avec une petite pitié condescendante.

Judith, elle, refusait d'entrer dans ce jeu. Pas par esprit de contradiction, mais par simple lucidité. Elle n'avait jamais cru aux solutions miracles. Courir, boire du jus de céleri, pratiquer le yoga à l'aube ou danser jusqu'à l'épuisement en boîte de nuit... Tout cela relevait d'une même illusion : celle de croire que le corps pouvait tenir lieu de vérité intérieure.

Elle observa la mer. Elle, au moins, n'avait rien à prouver.

Arthur finirait par revenir, essoufflé mais satisfait, avec cette lueur dans les yeux, ce mélange de fierté et d'auto-justification. Et il lui dirait, comme toujours :

— Tu devrais essayer, Judith. Ça te ferait du bien.

Et comme toujours, elle sourirait en lui tendant un café, savourant ce plaisir de ne pas courir après l'inutile.

Mais ce matin, alors qu'elle le regardait revenir, le souffle encore saccadé, la peau perlée de sueur, Judith laissa ses pensées dériver ailleurs.

À un autre type d'exercice.

Un sport plus sensé, plus vivant, plus vrai.

Elle imagina un instant leurs corps enchevêtrés sur la terrasse, la chaleur du bois sous ses paumes, ses doigts agrippant la rambarde polie par le sel et le vent. Arthur derrière elle, la tenant fermement, ses mains explorant ses courbes avec cette lenteur maîtrisée qui fait durer le désir, qui le creuse, qui l'étire comme une vague prête à se briser.

Elle sentit presque son souffle dans sa nuque, cette manière qu'il aurait eue de l'embrasser juste là, sur la naissance de l'épaule, là où la peau frissonne immédiatement, où un simple contact peut suffire à faire chavirer tout le corps.

Et la mer, en contre-bas, battant les rochers avec la même cadence, comme un écho naturel à leurs mouvements. Une danse primordiale, instinctive. Un accord parfait entre le fracas des vagues et la tension de leurs reins, la montée inexorable du plaisir s'accordant au grondement de l'écume.

Elle imagina la morsure douce de ses doigts sur ses hanches, la pression de ses lèvres contre sa peau brûlante, cette façon dont il la prendrait, lentement d'abord, puis avec cette urgence qui naît quand deux âmes se reconnaissent enfin, quand le corps ne ment plus, quand l'instant devient absolu.

Un présent suspendu, hors du temps.

Un amour qui ne cherche plus à justifier quoi que ce soit, qui ne demande ni promesses ni avenir, juste une vérité brute, viscérale, offerte sans fard, sans défense.

Elle cligna des yeux.

Arthur venait de s'asseoir en face d'elle, torse nu, encore ruisselant de sa course. Il souriait, visiblement fier de lui.

— Tu devrais essayer, Judith. Ça te ferait du bien.

Elle le fixa un instant, une lueur amusée dans le regard, encore hantée par ses pensées.

Elle porta lentement sa tasse à ses lèvres, laissant le silence flotter entre eux avant de répondre, un sourire imperceptible au coin de la bouche :

— Oh, tu sais, j'ai déjà fait mon sport ce matin.

Il haussa un sourcil, intrigué. Mais elle ne précisa rien.

Certains plaisirs ne se couraient pas. Ils se savouraient.

Elle a bu son café en regardant la mer, ses reflets changeants, sa façon d'être toujours la même et pourtant différente.

Il y a des amours qui brûlent et d'autres qui se transforment. Elle ne savait pas encore lequel des deux était le leur.

Mais elle savait qu'elle n'avait plus peur.

— Tu sais, Arthur, il y a des moments où tout devient flou. Ce n'est plus tout à fait la vie d'avant, et ce n'est pas encore autre chose. Ce n'est ni un mensonge ni une vérité, juste du temps qui passe. Rien d'autre.

Elle disait cela d'un ton léger, presque désinvolte, mais elle savait qu'il entendrait autre chose.

Judith n'avait jamais aimé les drames inutiles, elle préférait les phrases simples, celles qui glissent sur la peau mais laissent une trace.

— Parfois, j'ai l'impression d'être suspendue entre deux mondes, continua-t-elle. Comme si je marchais sur un pont qui n'en finit pas, sans vraiment savoir ce qu'il y a de l'autre côté.

Elle tira sur sa cigarette, regarda la mer qui s'étirait devant eux. Puis elle tourna la tête vers Arthur.

— Et toi ? Tu es du genre à regarder l'eau ou à plonger sans réfléchir ?

Il sourit vaguement, ne répondit pas tout de suite. Elle savait qu'il ne répondrait peut-être jamais. Arthur avait cette façon d'écouter sans se mouiller, de laisser les silences prendre la place des mots.

Mais Judith n'avait pas besoin de réponse. Ce qu'elle voulait, c'était sentir qu'il était là, même sans rien dire.

Elle fixa l'horizon, un sourire vague au coin des lèvres, puis elle reprit, d'une voix presque rêveuse :

— La mer dévore des bateaux et offre des richesses. Elle ne donne pas de réponses, Arthur, mais elle sait attendre. C'est une vieille âme, plus sage que nous tous, plus douce, plus puissante, plus imprévisible aussi.

Elle écrasa lentement sa cigarette, comme pour marquer une pause. Le vent soulevait quelques mèches de ses cheveux, et elle les laissa retomber sans y prêter attention.

— Mais surtout, la mer appelle, tu sais. Elle ne fait que ça, au fond : appeler. Sans jamais s'arrêter. On croit qu'on la regarde, qu'on l'admire, qu'on la traverse, mais c'est elle qui nous traverse. Elle pénètre en toi et ne te lâche plus. Tu peux faire semblant de ne pas l'entendre, c'est inutile. Elle…

— …continuera.

Elle tourna enfin la tête vers lui, son regard plongé dans le sien, un instant plus profond que l'océan devant eux.

— Cette mer-là, et toutes celles que tu ne verras pas mais qui seront là quand même. Il y aura toujours une mer pour t'appeler, Arthur. Il suffit d'écouter.

Il y avait un ciel étrange de ceux qui courent vite, galopent à bride abattue

— Tombe à la renverse Arthur, tressaille, soit prêt à plonger dans un océan de bonheur.

Le bonheur …

Sois la présence ! Fait un avec la vie ! Sois l'infini ! Sois l'océan !

ISBN 979-8-9907180-7-4
États-Unis d'Amérique
© LES EDITIONS AMERICAINES 2025